LE CONCERT

DES ENFANS

DE BACCHVS.

Assemblez auec ses Bacchantes,
pour raisonner au son des pots
& des verres, les plus beaux Airs
& Chansons à sa loüange.

*Composées par les meilleurs beuueurs
& sacrificateurs de Bacchus.*

Dedié à leurs rouges Trongnes.
Deuxjesme Edition.

A PARIS,

Chez Charles Hvlpeav, sur le Pont
S. Michel à l'Anchre Double: Et en sa
Boutique dans la grand' sale du Palais,
proche le Parquet de Messieurs les
Gens du Roy, 1628.

AVEC PRIVILEGE DV ROY.

AVX
ENFANS
DE BACCHVS.

 OMPAGNONS, Il
me semble qu'a-
prés auoir donné
du contentement
aux Dames, il est
aucunement raisonnable de s'en
donner à soy-mesme. Et comme
nous sommes tous enfans d'vn si
bon pere, nous serions bien déna-
turez, si nous ne luy faisions pa-
roistre le ressentiment des obli-
gations que nous luy auons. Les
vignes dont il prend vn soin par-
ticulier pour la perfection de nos

festins, les lieux d'honneur où il
preside, & ce nectar precieux
dont nous nous allaictons ? ne
sont-ce pas effects des liberalitez
qu'il exerce en nostre endroict?
Nous deuons dõc en recognoïs-
sance de tãt de bien-faicts, chan-
ter publiquement ses loüanges;
c'est à dire de n'entrer iamais aux
lieux où l'on celebre sa feste,
qu'auec vn ferme propos de ne
boire iamais plus de trois verres
de vin, sans dire quelques Cantiques en son honneur: vous en
trouuerez en ce petit recueil, assez pour acquiter chacun de son
deuoir: sur tout que le discord
n'entre iamais en l'esprit des fre-
res, mais bien de viure tous vna-
nimement en paix, afin que le
tout soit à la gloire du Pere, & au
contentement des Enfans.

A iij

d'ailleurs que le trauail & labeur des
hommes semble plus supportable, estát
accompagné de ce que y contribue
cet honneste exercice: lesquelles consi-
derations nous ont fait aggréer & trouuer bon la tres-humble supplication de
nostre tres-cher & bien amé CHARLES
HVLPEAV, Marchand Libraire de
nostre bonne ville de Paris, contenant
que par son soing & industrie, il a re-
couuert certaine quantité de Poëmes,
Airs & Chansons, composée par diuers
Autheurs, qu'il desire faire imprimer
pour le seruice du public, s'il auoit sur
ce nos Lettres en tel cas requises & ne-
cessaires. A CES CAVSES, inclinant
fauorablement à vne si iuste requeste.
NOVS auons audit Hulpeau de nostre
grace principale, permis & accordé,
permettons & accordons qu'il puisse &
luy soit loisible durant six ans, à commencer du iour & datte des presentes,
imprimer ou faire imprimer, vendre &
debiter par tout nostre Royaume, vn
liure intitulé, *Le Parnasse des Muses
ou Recueil des plus belles Chansons à
danser, dediées aux plus belles Dames
de ce temps, recherchées dans le Cabinet*

des plus excellens Poëtes d'apresent.
Ensemble le Concert des enfans de Bacchus, assemblez auec ses Bacchantes,
pour raisonner au son des pots & des
verres, les plus beaux Airs & Chansons
à sa loüange. Et sans que durant ledit
temps autres que luy le puisse faire. Ce
que leurs defendōs tres-expressément,
si ce n'est auec sa permission, & ce à
peine de confiscation des exemplaires,
& de deux mil liures d'amende, & de
tous dépens, dommages & interests. S I
VOVS MANDONS, que vous fassiez
iouïr & vser ledit Hulpeau du contenu
en ces presentes, nos Lettres de congé
& permission, plainement & paisible-
ment, cessant, & faisant cesser tous
troubles& empeschement au contraire.
CAR tel est nostre plaisir. Donné à
Paris le vingt-septiesme iour d'Aoust,
l'an de grace 1627. Et de nostre regne
le dix-huictiesme.

Par le Conseil,

RADIGVES.

A iiij.

ODE,

A LA LOÜANGE

DE TOVS LES CABARETS
de Paris.

Le Louure.

Rands & superbes bastimens
Où l'on void mesme la nature
Admirer les compartimens
D'vne excellète Architecture:
Grand Louure honoré des François,
Belle demeure de nos Rois,
Où leur grandeur particuliere
Montre son absolu pouuoir;
Sans l'hostel de la Boisseliere
Ie ne vous irois iamais voir.

L'Hostel de Luxembourg.
Beau Luxembourg où desormais
L'ornement de la terre abonde,

Vous ferés cognoistre à iamais,
La plus grande Royne du monde,
Mais bien que vos lambris doreʒ
Soient dignement considereʒ,
Ce qui vous rend plein de merueille
Est ce noble accompagnement
De Clamar, Venise & Marseille
Où l'on boit eternellement.

Le Palais.

Palais où regne le pouuoir
De ces ames sans artifice
Qui rendent selon leur deuoir
A tout le monde la Iustice :
Lieux sacrez où l'on est soubmis
Aux sainčts Oracles de Themis.
Encor que vous ayeʒ la gloire,
De voir tout le monde à genoux,
Sans le Diable & la teste Noire
Ie n'approcherois point de vous.

L'Arsenal.

Arsenal où de toutes parts
L'on void les foudres de la guerre,
Par lesquels nostre ieune Mars
A fait trembler toute la terre :
L'Escu, le Cerf & le Pigeon
Sont plus forts que vostre dongeon,
Ny vos poudres ny vos grenades
Ne troublent point leur vin clairet,

ODE.

Ie fais la nique aux canonnades
Quand ie suis dans le cabaret.

La Bastille.

Grosses & formidables tours
Prisons des ames criminelles,
Où l'on renferre tous les iours
Les factieux & les rebelles,
Retraicte des fascheux destins,
Bastille l'effroy des mutins ;
I'ay tant de peur que l'on m'y traine,
Que pour asseurer mon repos
I'entre dans la Croix de Lorraine
Pour me cacher parmy les pots.

Place Royale.

Place ordonnee aux bataillons
Combien meritent de loüanges
Ces trente-six beaux pauillons,
Où logent les Dieux & les Anges,
Mais si dans ce plaisant seiour
Où Mars preside auec l'Amour
Sous chacun de ces beaux portiques
Bachus se montroit aux mortels :
Combien d'Hymnes & de Cantiques
Chanteroit-on sur ses autels?

Le Temple.

Vieux Temple autrefois l'ornement
De ces Marests inhabitables
Et depuis le seul fondement

ODE.

4

De ces maisons inimitables,
Que i'ayme ces beaux changemens
Qui rauissent nos iugemens :
Que ie me plais à la sortie
De ce beau champ tout descouuert,
Sur tout i'ay de la sympatie
Auec l'hoste du Chesne vert.

Sainct Nicolas des Champs.

Amans que l'on void à tous coups
Pleurer vne importune flamme,
Ie sens aussi bien comme vous
L'Amour qui se glisse en mon ame,
La Coëfier me rend soucieux
Elle seule plaist à mes yeux,
Et mon amour est immortelle
Voyant vn object si diuin ;
Non pas pour coucher auec elle
Mais bien pour boire de son vin.

L'Hostel de Bourgongne.

Seiour des Muses & des Vers
Où l'on recognoist sans enuie,
Parmy tant d'accidens diuers
Les stratagemes de la vie :
Esprits qui par vos fictions
Nous descouurés nos passions,
Ie n'ay pas veu vostre Theatre,
Qu'aussi tost ie ressorts de là
Pour vn Ange que i'ydolatre

A cause du bon vin qu'il a.

Ruë de Mont-orgueil.

Messagers des Dieux Escaillez,
Facteurs du grand pere Nerée,
Qui sans cesse vous trauaillez
A nous donner de la marée :
Aussi tost que ie tourne l'œil
Vers les places de Mont-orgueil
Pour voir les presens de Neptune
Ie m'en vays dons les trois Maillets
Afin de benir ma fortune
Parmy le vin & les œillets.

La Fripperie.

Regrateurs de nos vieux habits,
Gros Bourgeois de la Fripperie
Qui rendez mes sens assoupis,
Qnand ie voy vostre drapperie :
I'ay si grande apprehension
Des Iuifs & de leur nation,
Que pour fuyr vos domicilles
I'entre viste comme le vent
Dans la maison de Jacques Gilles,
Où l'on me void le plus souuent.

Les Halles.

Merueille de nostre horizon
Où les hommes les plus malades
Vont reprendre leur guarison
Parmy les fruicts & les sallades :

Halles par qui nous nous plaisons,
A la nouueauté des saisons,
Quelque honneur que l'on vous oftroye
Dedans ce bruit & ce tracas,
N'eftoit le Cigne, & la Lamproye
Ie n'en ferois gueres de cas.

Croix du Tiroir.

Croix du Tiroir que les Normans
Exaltent parmy leurs conqueftes,
Lors qu'ils racontent les tourmens
Qui tomberent deffus les teftes
De ceux à qui leurs cruautez
Firent crier de tous coftez,
Grand Dieu fauuez-nous de leur rage
Ha! Paumier que ne vinois-tu.
La Raquette t'euft rendu fage
Pour éuiter d'eftre battu.

A Paumier.

Tes merites & tes vertus
Euffent tiré de la louange
Parmy ces peuples combattus
Du Dieu mefme de la vendange,
Car tu les euffes preferuez
Des maux qui leur font arriuez,
Si l'eclat de ta rouge trongne,
Euft paru dans ces chamaillis
L'on euft veu cette race yurongne
Auffi-toft gaigner le taillis.

ODE.

Quartier des Courtisans.

Quartier le plus beau de Paris,
Où dans vne foulle importune
L'on void boire les Fauoris
A la santé de la Fortune :
Cormier que ton logis est beau
Quand on y boit du vin sans eau,
Ie veux que Hardy m'enuisage
Tant que ie viuray, de trauers
Si ie n'ayme mieux ton breuuage
Que l'Empire de l'Vniuers.

Les Tuilleries.

Iardin tresor des voluptez,
Où parmy tant de belles choses,
Sous les pas des diuinitez
Renaissent les Lys & les Rozes,
Que vos parterres fleurissans,
Que vos bocages rauissans
Sont d'vne agreable verdure !
Mais quand ie viens à ce canal
Où l'on void de l'eau toute pure
Aussi-tost ie me trouue mal.

Le Pré aux Clercs.

Beaux prés nos anciens esbas,
Que i'ay de fureurs & de rages
De voir ces grands chesnes à bas
Qui nous couuroiët de beaux fueillages,
Maintenant que vous estes nuds

Au lieu que vos arbres chenus
Donnoient vn ombre delectable,
Ie vay chercher en autre part,
Quelqu'vn qui se mette à la table
Dans Chaillot, ou dans Vaugirart.

Pour le Duel.

Gascons ie vous fais vn serment
Sur toutes vos rodomontades,
Qu'en ce lieu d'eclaircisse ment
Ie ne crains point vos estoçades :
Ie ne seray iamais poltron
Pourueu que ie porte vn plastron
De jambons armez de saucices :
Et que mon chef soit couronné
Dans l'honneur de ces exercices
D'vn Muscat que l'on m'a donné.

Valée de Misere.

Que n'ay-je cent mille ducats
A fin d'en faire bonne chere,
Des morceaux les plus delicats
Qui sont dans ce lieu de misere !
Tous les iours comme vn verd-galand
I'irois à la table Roland
Siffler le vin en abondance,
Et si Cesar, ce braue Roy,
Venoit rechercher sa finance
Il faudroit qu'il beust comme moy.

Marché

ODE.

Marché-Neuf.

Marché-Neuf oùces grãds Saulmons,
Ces carpes & ces belles Truittes,
Me resiouïffent les poulmons
Quelque faulce qu'on les ait cuittes :
Quand ie suis à la Tour d'argent
Je me vante comme vn Sergent
Qui se vante de son courage,
Lors qu'il hauffe le gobelet
Apres auoir mis en la cage
Vn prisonnier au Chastelet.

Pont S. Michel.

Pont sainct Michel si bien refaict
Et si plaisant à nostre veuë
Que pourroit-on voir en effect
Mieux rebasty que ceste ruë ?
Qui braue le temps & le sort,
Et qui malgré tout leur effort
Se releue sur sa ruine :
Mais parmy ces beaux pourmenoirs
Ie ne trouue point la cuisine
Du Berceau ny des Antonnoirs.

La Sauaterie.

Gros francs-taupins de sauetiers
Raconstreurs de nos vieilles bottes,
Qui dedans vos sales meftiers
Ne sentez iamais que les crottes :
Ces gros coquins sales & gras

Ne boiuent que de l'hypocras
Chaque feste & chaque Dimanche,
Quant à moy i'en suis enuieux
Car la Gallere & la Croix-blanche
Les traictent lors en demy-Dieux.

Pont nostre Dame.

Quelle digne narration
Pourra comprendre tes merueilles,
Pont de qui l'admiration
Rauit les yeux & les aureilles?
L'égalité de ces maisons
Ce bel ordre, ces liaisons
Sont ce pas autant de miracles;
Mais qui void la pomme de Pin
Trouue-il pas les Tabernacles
Du Dieu qui fit naistre le vin.

Place aux Veaux.

Bachus contente nos desirs,
Que ta franchise nous pardonne
Si nous recherchons les plaisirs
Que la liberté nous ordonne,
Pour montrer ma fidelité
Ie iure à ta diuinité,
Qu'à deux genoux ie me prosterne
Et fais des sermens tous nouueaux
Que ie mourray dans la lanterne
Vis à vis de la place aux Veaux.

Les petites Maisons.

Sejour des petites Maisons,
Où mille testes sans ceruelle
Font d'estranges comparaisons
Quand la Lune se renouuelle :
Aille qui voudra deuers vous
Visite qui voudra les fous :
Ou bien que l'Empereur sans cesse
Fasse rire les curieux,
Pour moy ie n'y mets point la presse,
Les Quatre vents me plaisent mieux.

Les Gobelins.

Gobelins qui nous presentez
Tant de tapis remplis d'histoires,
Dont les rares antiquitez
Se remettent en nos memoires :
Ces beaux ouurages si plaisans
Font enrager les Courtisans
De la Turquie & de la Chine :
Mais aussi l'Olympe voulut
Que vostre maison fust voisine
De celle du Port de Salut.

L'Vniuersité.

Adorable Vniuersité,
Où toute sorte de science
Regne dans la fecilité,
Ce n'est pas en ma conscience
Que vostre reputation

N'ait gaigné mon affection,
Et que l'estude ne m'allege :
Mais pour vne sauce Robert,
Ie prefere au meilleur College
La Corne en la place Mauberts.

Isle du Palais.

Beau triangle équilateral
Qui luis à la face du Louure,
Que le Ciel te fut liberal
Des tresors que l'on y descouure,
Place Dauphine où ie me plais,
Chaque maison est vn Palais
Dedans vne place si belle,
Que tu rends mes esprits contens,
Mais sans la petite Pucelle
Tu ne me verrois de long-temps.

Le Pont-neuf.

Voit-on rien de plus precieux
Sur le Pont-neuf qui t'accompagne
Que ce Monarque, que les Cieux
Adorerent à la campagne,
Dont nous reuerons les Autels :
Et dont mesmes les Immortels
Iadis redouterent les forces,
Mais ie brise là ce discours,
La Magdelaine a des amorces
Qui me rauissent tous les iours.

Le Pont au Change brûlé.

Prodigieux embraſement
Dont nous viſmes les malefices
Renuerſer malheureuſement
Tant de ſuperbes edifices ;
Pont au Change dont le débris
Fut le trouble de nos eſprits,
Lequel fut-ce de tous les aſtres,
Qui conſerua iuſqu'à la fin
Parmy l'horreur de ces deſaſtres,
Le grand Cornet & le Dauphin ?

Le Pont au Double.

Pont au double où de tous coſtez
Tout eſt plein de feux & de charmes
Que nos vœux & nos libertez
Cedent à de puiſſantes armes,
Lors que ces Nymphes d'alentour
Viennent belles comme le iour,
Sur ce Pont toutes aſſemblees !
Si ie n'entrois au Gallion
Quand la nuict les a rappellees
Ie rugirois comme vn Lyon.

Le Pallemail.

Beau Pallemail combien de fois
Quand le Ciel cache ſa lumiere,
M'auez-vous veu faire le choix
Des Déeſſes de la Riuiere,
Et prendre l'amoureux delict

Que les autres prennent au liq,
Et puis apres tous d'une haleine
Me jetter dans l'Isle Louuier
Où ie beuuois à taffe pleine
Comme on boit au mois de Ianuier.

Le Marché du Temple.

Ardent & rigoureux Soleil
Quand tu sors des bras d'Amphitrite
Et que ton visage vermeil
Prend congé de ta fauorite,
Plein de rayons & de chaleurs
Tu peins de cent mille couleurs
Un petit Marché dans le Temple:
Mais quand il se noircit au soir
Ie noircirois à son exemple
Si ie n'entrois dans le pressoir.

Le Marché aux Cheuaux.

Cherche qui voudra Benjamin,
Beauplan, Mémont, ou Belleville,
Afin d'apprendre le chemin
Et d'auoir l'adresse subtille
Pour voir si dedans le Marché
Un cheual n'est point entaché
De foucades ou de caprices,
Pour moy le soir & le matin
Ie fais maneige dans les Suisses
Ou dans l'Image S. Martin.

ODE.

La Foire S. Germain.

Que toutes les perles du Sur,
Que les pierres Orientales,
Que l'or, & l'argent & l'azur,
Et que les richesses totales
Viennent du iour au lendemain
Orner la foire S. Germain :
Tous les tresors de cette Foire
N'augmentent en rien mon bon-heur,
Si par eux ie ne trouue à boire
Dedans le riche Laboureur.

Les Rotisseries.

Combien de fois braues guerriers
Durant nos troubles domestiques,
Quand nous arrachions les lauriers
Sur les terres des heretiques,
Auons-nous au son des tambours
Souhaitté que la ruë aux Ours
Fit marcher les Rotisseries,
Et que les pots des trois Cuilliers
Pour appaiser nos fascheries
Vinssent nous seruir d'oreillers !

Le Cimetiere S. Iean.

A l'heure que dessus les flots
On fit ceste belle entreprise,
En dépit de ses Matelots
De vouloir surprendre Soubise,
Il me souuient qu'en ce moment

Estant dessus cet élement
Le plus outrageux de Nature:
Il s'écria d'vn triste ton,
Ha! que n'ay je pour sepulture
Les deux Torches ou le Mouton.

Sur vne absence.

Belle Déesse à qui les Cieux
Ont consacré ma seruitude,
Pourquoy faut il que tes beaux yeux
Soient cachez dans la solitude?
Princesse de ma liberté,
Que ton logis est deserté;
Sans le vin qui me reconforte
Chez l'hostesse du Gaillard-bois,
La Passion qui me transporte
M'auroit tué dix mille fois.

La Riuiere de Seine.

Belle Seine de qui les eaux,
Qui baignent le sein de la France,
Nous font venir dans les batteaux
Toutes choses en abondance,
Qu'elle nouuelle inuention
Contentera ma passion,
Afin d'exalter tes louanges?
Par toy nymphe que ie cheris
Le jus des meilleures vendanges
Est apporté dedans Paris.

L'Hostel

L'Hostel de Ville.

Sages & puissans Escheuins
Dont les ames sont sans malice,
Et de qui les conseils diuins
Donnent l'ordre de la Police,
Ce Palais que vous habitez
Est estimé de tous costez,
Une demeure incomparable:
Aussi les Dieux mirent exprés
Pour le rendre plus venerable
La Couppe qu'on void tout auprés.

Paris en General.

Paris d'vn accord mutuel,
Nommé le miracle du monde,
Dont le renom perpetuel
Cours sur la terre & dessus l'onde,
Tant que nos Roys prospereront
Et que les siecles dureront :
Ie veux aujourd'huy que mon style
Face cognoistre aux bons esprits,
Comme dessus toute la ville
La Greue a merité le prix.

La Greue.

C'est où l'honneur des triomphans
Fait part à tous ses bons enfans,
De sa memorable conqueste,
C'est où l'on void sur des traisneaux
Tousiours rouller mille tonneaux,

C

Ausquels nous faisons tant de feste,
C'est où ie fais mes sacrifices,
C'est la place où de tout mon cœur
Ie consacre tous mes seruices
Au pere de cette liqueur.

A la Motte Massas.

La motte aiguisons nos couteaux,
Faisons Musique de bouteilles,
Iettons par terre nos manteaux
Beuuons & faisons des merueilles:
C'est à toy que remply de feux
Auiourd'huy i'adresse les vœux
Que l'on doit aux fils de Semelle;
Tu tiens son empire icy bas,
Et ta puissance est eternelle
Ou bien la sienne ne l'est pas.

SVR LA NAISSANCE
DE BACCHVS.

Chanson I.

Vand Bacchus naſquit au monde
Ieune enfant comme il eſtoit,
Il quitta le laiſt & l'onde
Et de bon vin s'allaiſtoit,
Nous qui ſommes ſes ſuppoſts
Qui n'engendrons point d'ennuy
Vuidons les verres & les brots
Et beuuons tous comme luy.

Comme on luy monſtroit la tette
Point gouſter il n'en vouloit,
Faiſant ſine de la teſte
Que le vin ſeul luy plaiſoit.
Nous qui ſommes, &c.

Comme il fut vn peu ſur l'age
Son œil gaillard & diuin
Ne rioit pas dauantage
Que quant il voyoit du vin.
Nous qui ſommes, &c.

Vne jeuneſſe eternelle
Accompagnoit ſes beaux iours
Digne de gloire immortelle

Parce qu'il benuoit touſiours.
    Nous qui ſommes, &c.
Si Bacchus eut donc la gloire
Dict-on de l'eternité,
Et qui gaigna par bien boire
Le don de diuinité.
    Nous qui ſommes ſes ſuppoſts
    Qui n'engendrons point d'ennuy,
    Vuidons les verres & les pots
    Et ſoyons Dieux comme luy.

Chanſon II.

Courage compagnons,
    En rien ne l'eſpargnons,
Ce vin tout frais percé
Réjoüit noſtre vie,
Iamais nous ne beurons
De bon vin ſous la lie.
    Le vin que nous beuuons
    Entretient noſtre vie,
    Iamais nous ne beurons
    De bon vin ſous la lie.
Ce noble Dieu Bacchus
Mépriſe les eſcus,
Ils ne font qu'engendrer
De la melancholie.
    Iamais nous ne beurons, &c.

Fy de la chicheté,
Il n'est que liberté
Auoir belle maistresse
Accorte & bien jolie.
  Iamais nous ne beurons, &c.
Tousiours bon feu bon vin,
Et le jambon diuin,
Musique à ses amis
Et faire chere lie.
  Iamais nous, &c.
Loing de nous ces resueurs
Qui blasment les beuueurs,
La mort des beaux esprits
C'est la melancholie.
  Iamais nous, &c.
A la santé du Roy,
Tour à tour suiuez moy,
Dépeschons vistement
Que pas vn ne s'oublie,
  Iamais nous ne beurons
  De bon vin sous la lie.
Le vin que nous beuuons
Entretient nostre vie,
  Iamais nous, &c.

Chanson 3.

L E vin qu'on recueille auec les gaulles
M e fait resserrer les espaules,
M audit soit-il qui en boira:
Si le ius d'vne seule pomme
A tant cousté au premier homme
Qu'à iamais il nous en cuira.
　　Il est bon, bon,
　　Il est bon à boire,
　　Le vin de ce verre,
　　Pourquoy n'en boit-on?
Pour l'eau ie n'en veux qu'en potage,
I'en delaisse aux bestes l'vsage.
Ou pour faire moudre vn moulin,
Si ce n'est pour m'en faire boire,
Que Dieu par sa grandeur notoire
Luy donnast le goust de bon vin.
　　Il est bon, &c.
Sitost qu'on me parle de biere,
Voila soudain mon corps en biere,
Et ie suis demy trépassé,
Le ius qu'on fait auec reglisse
M e fait peur d'vne chaudepisse
Ou des malandres du passé.
　　Il est bon, &c.
Débouchons toutes ces bouteilles,
Voyons ce vin qui fait merueilles

Et qui nous rejoüit le cœur,
Contre la soif qui nous altere,
Il n'est point de meilleur mystere
Que d'en prendre de la liqueur.
    Il est bon, &c.
Tout autre boisson ie dépite,
Ie n'y mettrois pas vne pite,
Et pour rien ie n'en boirois pas:
Leur goust & leur couleur trop fade
Me rendent soudain si malade
Que i'en perds l'aise & le repas.
    Il est bon, &c.
Dieu nous le donne sans mesure
Ce seroit luy faire vne injure
De le boire en autre façon,
Si tu ne sçay comme il faut faire,
Et qu'vn maistre t'est necessaire
Ie t'en vay faire vne leçon.
    Il est bon, bon,
    Il est bon à boire,
    Le vin de ce verre,
    Pourquoy n'en boit on.

Chanson 4.

BAcchus tout plein de gloire
Assis sur vn tonneau,
A gaigné la victoire
Dedans Fontaine-bleau

  Allons compagnons fea,
  Beuuons le vin sans eau,
  O fea, ô fea Loupineau.
Mars & Venus ensemble
Se pourmenant vn iour,
Ont joüé ce me semble
A ce doux jeu d'amour.
  Allons compagnons fea, &c.

Chanson 5.

A Boire à boire mes amis,
  Qu'on ne me parle plus de guerre,
Au Dieu Bacchus ie l'ay promis
De ne plus combatre qu'au verre,
  Car de Bacchus les estendarts
  Me plaisent plus que ceux de Mars.
Au lieu de picques & mousquets,
De canons & d'harquebusades,
Ie ne veux plus que saupiquets
Que Saucissons & Carbonnades,
  Car de Bacchus, &c.
Que l'on sonne l'arriereban,
Que l'on contraigne la Noblesse,
D'aller assieger Montauban,
Si l'on m'y void que l'on m'y fesse.
  Car de Bacchus, &c.
Il vaut bien mieux le dos au feu
Du ventre assieger vne table,

Car d'yurogurir on en void peu
Aupres Monsieur le Connestable.
Car de Bacchus les estendarts
Me plaisent plus que ceux de Mars.

Chanson 6.

CElle que i'ayme a tant d'appas
Et tãt de doux attraicts pour estre
        caressee,
Que ma foy ie ne voudrois pas
Pour quelqu'autre beauté l'auoir iamais
        laissee.
    Quand ie la voy ie me sousris,
Ie luy leue le cul & ie dresse la teste,
Ie la mignarde & la cheris,
Elle souffre tousiours que ie luy face feste.
    Quand ie la tiens entre mes bras
I'agēce vn chose long dãs vne fãte rouge,
Et sans la mettre entre deux draps
I'en prends mille plaisirs autant que ie
        m'en bouge.
    Ie la baise & rebaise apres,
Et joignant dextrement ma bouche sur
        sa bouche.
Ie vous la serre de si pres,
Que tout son petit trou auec le mien ie
        bouche.
    Que si l'addresse me defaut.

Elle semble m'ayder à soulager ma peine,
Elle leue le cul si haut,
Qu'elle me fait aller iusqu'à perte d'ha-
        leine.
        Cinq ou six coups ie fais cela,
Roide, prompt & hardy sans que ie me
        degouste,
Elle ne dit iamais hola
Que ie n'aye tiré à la derniere goutte.
        Que s'il me reste encor du cœur
Cõme ie suis vaillãt en ce doux exercice,
Et qu'elle manque de liqueur,
Ie vais au changement sans qu'elle entre
        en caprice.
Soit qu'elle aye plus blanche tumeur,
Ou qu'elle aye la couleur d'vne vermeil-
        le rose,
Tousiours d'vne sour de rumeur,
Elle và m'esgayant & iamais ne repose.
        Ie prends pour mieux passer mon tẽps
De ces grosses dondons de belle humeur
        remplies,
Ces petites sans passe-temps
Estãt seiches trop tost me semblent moins
        jolies.
        Faites tous l'amour comme moy,
Riõs, baisons, tastõs, voila la belle presse,
C'est estre ladre sur ma foy

De ne luy faire rien & de baisser la teste.

Chanson 7.

HElas bonne pianche,
Que feray-je sans toy,
Tu me sers de reuanche
quand i'ay la plus grand soif, Piot
　　Ce gentil, ce diuin piot,
　　Mon Dieu que ie l'ayme,
　　Mon Dieu qu'il est bon,
　　Qu'il est bon, bon, bon,
　　qu'il est bon ce piot,
　　qui ne le caresse est vn idiot.
Quand i'ay la grand' bouteille
Du bon vin de Noblet,
Ie caquette à merueille
Bien mieux qu'vn perroquet, piot
　　Ce gentil, ce diuin piot, &c.
Qandi'ay dedans mon verre
Du vin de Chaumartin,
Ie defie Maistre Pierre
A dire du Latin, piot,
　　Ce gentil, ce diuin piot, &c.
S'il est bon à ma bouche
Asseurez-vous d'vn poinct
Qu'auant que ie me couche
I'en emplis mon pourpoinct, piot,

Ce gentil, ce diuin piot,
Mon Dieu que ie l'aime, &c.

Chanson 8.

HE quoy ma trouppe chere
Las que dira Bacchus,
Dieu de la bonne chere
Si nous ne beuuons plus,
  Ie boy ie boy, à ta santé
  Du jus que Noé a planté.
Sus, sus, qu'on se réueille
Et qu'on ne dorme plus,
Vuidons cette bouteille
Pleine de ce bon jus,
  Ie boy, ie boy à ta santé,
  Du jus que Noé a planté.
Hauts les coudes comperes
Ce vin me semble bon,
Ensuiuons donc nos Peres
Beuuans de la façon.
  Ie boy, ie boy à ta santé,
  Du jus que Noé a planté.
Tu sortiras la porte
Ou tu feras raison,
Et diras de la sorte
Ie ne suis qu'vn oyson.
  Ie boy, ie boy à ta santé
  Du jus que Noé a planté.

Chanson 9.

IL faut malgré les enuieux
Paſſer melancholie,
A l'ombre de cét orme vieux
Où la vigne ſe lie,
  Ha que ce vin me ſemble bon
  Auec la tranche de jambon.
Viſtement qu'on apporte icy
La bouteille & le verre,
Car à la ſoif & au ſoucy
Ie veux faire la guerre,
  Ha que ce vin me ſemble bon
  Auec la tranche de jambon.
Ie mets en oubly mes procez
Auſſi bien que ma belle,
Car en vain i'ay fait mille excez
Tant pour eux que pour elle,
  Et maintenant ce qui m'eſt bon
  C'eſt la bouteille & le jambon.

Chanson 10.

SVr ma foy c'eſt par trop mangé
Sans parler aux bouteilles,
Ie voy noſtre hoſte affligé
Qui gratte ſes oreilles.

Ha cher amy quant nous beuuons
Que de plaisir nous receuons.
Il faut bannir d'auecques nous
L'ennuy & la dispute,
Beuuons chacun autant de coups
Que l'heure a de minuttes.
    Ha cher amy, &c.
Puisque nous sommes tous icy
Sus qu'vn chacun s'appreste,
Et nous verrons apres cecy
Qui aura meilleure teste.
    Ha cher amy, &c.
Qu'on nous donne pour entremets
Vne langue fumée,
Afin qu'on parle desormais
De nostre renommée.
    Ha cher amy, &c.

Chanson II.

Pourquoy sont venus en France
Tant d'estrangers si nouueaux,
Ces beuueurs à grosse panse,
Et ces vuideurs de tonneaux,
C'est pour faire au vin la guerre
    Sauue, sauue, sauue le verre,
    Sauue le vin de ces gourmans,
Suisses, Reistres & Allemans,
Auons-nous par trop à boire

Pour appeller l'eſtranger,
Car s'il vient iuſqu'à la Loire,
Nos vins ſont en grand danger,
J'en friſſonne tout de crainte,
    Sauue, ſauue, ſauue la pinte,
    Sauue, &c.

Ces beuueurs d'eau en ſont cauſe
Ce ſeroit bien employé :
Car ils ne ſont autre choſe,
Que le dernier fut noyé
Dans le Rhin iuſqu'aux oreilles,
    Sauue, ſauue les bouteilles,
    Sauue, &c.

Noſtre Roy remply de gloire
Renuerſera leurs projets,
En leur empeſchans de boire
Le bon vin de ſes ſujets,
Ils mourront s'il les attrape,
    Sauue, ſauue la grappe,
    Sauue, &c.

Dieu nous punit pour le vice,
Que ne beuuons-nous d'autant,
Et que c'eſt pour ſon ſeruice
Qu'il nous en ennoye tant :
Benit ſoit qui bien entonne,
    Sauue, ſauue, ſauue la tonne,
    Sauue le vin de ces gourmans :
Suiſſes, Reiſtres, & Allemans.

Chanson 12.

Vous qui resuez à table
     Au lieu de boire bien,
C'est chose veritable
Que vous ne valez rien,
     Boute, boute, boute,
          Compagnon boy si hardiment
          Que tu n'en laisse goutte.
Jamais vn homme sage
Ce disoit vn deuin,
Ne quittera l'vsage
Et le goust du bon vin,
     Boute, boute, boute,
          Compagnon, &c.
Andoüilles, boudins, saucisses,
Ceruelats & jambons,
Sont les vrais artifices
Pour trouuer les vins bons,
     Boute, &c.
Tonnerre, canons, tempestes
Amour, procez aussi
Sont des vrais trouble festes
Qui donnent du soucy,
     Boute, &c.
Tauernes, bouchons, bouteilles,
Flacons, verres, & pots
Sont des mots de merueilles

Qui donnent du repos.
   Boute, &c.
La foire, la galle, la rage,
Vous saisissent les culs,
Si vous ne faites hommage
Au bon Pere Bacchus,
   Boute, &c.
A vous ie m'en voy boire
Il en faut faire autant,
Craignant vostre memoire
Payez moy tout comptant.
   Boute, boute, boute,
   Compagnon boy si hardiment
   Qu'tu n'en laisses goutte.

Chanson 13.

IE ne puis souffrir les esprits
Dont l'impudente resuerie
Ne presche rien que le mépris
Du vin & de l'yurongnerie.
   Ie veux mourir au cabaret
   Entre le blanc & le clairet.
   Dés que la nuict reprend son tour
Ie m'enferme dans la tauerne,
Et n'en sors iamais que le iour
N'y fasse pallir ma lanterne.
   Ie veux, &c.
C'est où l'on trouue le repos

D

Que l'on cherche tant dans le monde,
L'Amour y rit à tout propos,
Et iamais la haine n'y gronde.
    Ie veux mourir au cabaret
    Entre le blanc & le clairet.

Chanson 14.

CHacun remplisse son verre
De vin blanc ou de clairet,
Laissons le soing de la guerre,
Il n'est que le cabaret,
    Ha ie meurs de plaisir
    Quand ie m'enyure à loisir.
Traittons nous comme des Princes
Faisons obseruer nos loix,
Ce sont icy nos Prouinces
Bacchus nous en a fait Roys.
    Ha ie meurs, &c.
Qu'on nous traitte à dix seruices,
Qu'on nous fasse vn bon repas,
Et qu'on mette vn doigt d'espices
Sur tous les bords de nos plats.
    Ha ie meurs de plaisir
    Quand ie m'enyure à loisir.
Qu'on parfume nostre chambre
Que l'on chauffe bien nos draps,
Et qu'on apporte de l'ambre
Pour mettre dans l'hypocras,

Ha ie meurs de plaisir, &c.

Que l'on nous ferme le Louure,
Nous n'en serons point marris,
Si seulement on nous ouure
Une caue dans Paris.
    Ha ie meurs, &c.

C'est là où est ma fortune,
Là sont enclos mes tresors,
Là nul soing ne m'importune
Ny des viuans, ny des morts.
    Ha ie meurs, &c.

Là beuuans à tasse pleine
Autour de mille barils,
Nous ignorons que la Seine
Passe à trauers de Paris,
    Ha ie meurs, &c.

Toy que ie me mis à suiure
Dés qu'on m'osta du berceau,
Quoy que ton ius me rende yure
Ie n'y veux point mettre d'eau.
    Ha ie meurs, &c.

Mais desja ma soif se passe,
Ie commence à m'endormir,
Ie ne puis tenir ma tasse,
Adieu ie m'en vay vomir.
    Ha ie meurs, &c.

Chanson 15.

Beuuons à tasse pleine de ce bon jus
Qui rend les Medecins confus,
Pour viure long-temps remply d'alle-
    gresse francs de soucy,
Il faut tousiours boire ainsi.

   Ie vay vuider ce verre d'aussi bõ cœur
Que ie cheris cette liqueur,
Et puis je feray rubis dessus l'ongle, se-
    lon les loix,
Ou bien ie boiray deux fois.

   Hé bien mon camarade ay-ie failly,
Vous ay je pas bien assailly,
Faites-en autant si vous voulez estre de
    nostre écot,
Ou bien passerez pour sot.

Chanson 16.

De tous les plaisirs de la vie
    Le boire est le plus gracieux,
Quand vn bon hoste nous conuie
De quelque vin delicieux.

   Il n'est point de douceur pareille
Au doux fredõ d'vne bouteille.
Boire chez soy n'est gueres aymable
De l'ordinaire on ne rit pas,
Le vin d'amy est delectable

Et fait faire vn meilleur repas,
  Quand sa belle humeur nous reueille
  Au doux fredon d'vne bouteille.
Le soin & la melancolie
Fuyent à ces aymables sons,
Et ses affaires on oublie
Pour boire & dire des chansons.
  Tant on void sortir de merueille
  Du doux fredon de la bouteille.
Cette voix est plus harmonique
Qui glouglout̄e & fait vn bruict sourd,
Que n'est la plus belle musique
Ny le plus bel air de la Cour,
  Et ie trouue plus de merueille
  Au doux fredon d'vne bouteille.
Ie quitte procez & chicanne
A demain si i'ay le loisir,
C'est viure plus beste qu'vn Asne
De ne point prendre de plaisir,
  Priuant sa gorge & son oreille
  Du doux fredon de la bouteille.
Verse moy donc de ce breuuage
Puis que Monsieur le trouue bon,
Et qu'il m'en donne le courage
Par le ragoust de ce jambon,
  Iusques à tant que ie sommeille,
  Au doux fredon d'vne bouteille.
Et si pour auoir fait la feste

A ces bouteilles & ces pots,
Ie baisse les yeux & la teste,
Laissez-moy dormir en repos,
　Et gardez que l'on ne m'eueille.
　Qu'au fredon d'vne autre bouteille.

Ie ne pense point à la guerre
N'y à mes debtes quand i'ay beu,
Ie suis vn Monarque sur terre
Et pense que tout me soit deu,
Car ie trouue plus de merueille
Au doux fredon d'vne bouteille.

Chanson 17.

Vinons joyeux & passons nostre
　　vie
Dans les plaisirs le reste de nos iours,
Faisons mourir cette melancolie
Qui de nos ans fait abreger le cours.
　Mirons nous tous dans vne tasse plei-
　　ne
Sans imiter ce mignon peu ruzé,
Qui se mirant dedans vne fontaine,
Se vid dans l'eau par luy-mesme abusé.
　Lors si le traict de Cupidon nou
　　blesse
Apres auoir sauouré le repas,
Chacun de nous embrasse sa maistresse
Suiuans du vin & d'amour les appas.

Chanson. 18.

IL n'est point de son,
Si doux à l'oreille
Que gaye chanson,
Et vuider bouteille,
Cela chasse loin
De nostre memoire
La peine & le soin
Pour nous laisser boire:
    Bouteille de vin
Ma chere maistresse,
A ton jus diuin
Ie feray caresse,
Cache petit cœur,
Ta perruque blonde
Ta douce liqueur
Rajeunit le monde,
    I'ayme bien le teint
Des lys & des roses,
Car on le void peint
De deux belles choses,
Ie croy que ces fleurs
Se sont enyurées,
De ces deux couleurs
Qui sont mes liurées.
    Que ce vin nouueau
Tout remply d'oracles

Dedans mon ceruean
Fait de grands miracles,
Beuuons compagnons,
Ie suis en fortune,
Ce vin me fait voir
Deux choses pour vne.

Chanson 19.

C'Est trop long-temps faire le sage
Maudit soit qui rechignera,
quiconque en aura le courage
qu'il boiue d'autant il rira.
Point de soucy, point de cela,
Bouteille icy, bouteille là,
Réueillons, Réueillons,
Réueillons ces verres.
Ie n'ay rien à cœur
que cette liqueur.
    Laissons l'amour l'espée
Les propos serieux,
Parlons d'vne franche lippée
De foux, de drosles, & de rieux.
    Point de soucy, &c.
Le vin n'est pas fait pour les bestes
Leur donner c'est vn grand malheur,
Ie tiens ces iours-là pour des festes,
quand i'en puis boire du meilleur.
    Point de soucy, &c.

L

Les Turcs qui n'en ont point l'vsage
Sont ils pas de Dieu ennemis?
Nous qui auons cét aduantage
C'est que nous sommes ses amis.
   Point de soucy, &c.
Sus, sus beuuons faisons ripaille,
Je boy à toy pour commencer,
Si tu n'est propre à la bataille
Laisse nous boire & va danser,
   Point de soucy, &c.

Chanson 20.

PVis que Mars menace les siens
   De perte, de corps & de biens,
Et de recompense incertaine,
Au croc les armes ie remets
Et ne recognois desormais
Que Bacchus pour mon Capitaine.
   Laissons là tous ces incensez,
S'enterrer dedans des fossez,
Qu'vne eau sale & bourbeuse laue,
Il vaut bien mieux honnestement
Aller faire son monument
Dans le fonds d'vne bonne caue.
   Que le Ciel range sous ses loix
De tout cét Empire François,
Tant les villes que les campagnes,
Et que les peuples soient contens

                              E

Et vinent iusques à cent ans,
Louys & sa chere compagne.

Chanson 21.

IE quitte les faicts de l'amour,
Ie dors la nuict, ie ris le iour,
Ie quitte les creux & Cauernes,
Bois, prez, fontaines & ruisseaux
D'autant plus que i'aymou les eaux
I'ayme le vin & les tauernes.
  Bacchus est or mon cupidon,
Vne bouteille est mon brandon,
Les andouilles se sont mes fléches,
Vne marmitte est mon carquois,
Et vn jambon mon arc turquois,
Dedans ma gorge font leur bréche.
  La solitude est mon tourment,
Le cabaret mon element,
Et pour cette rare merueille,
Que i'ay tant adoré jadis,
Ie fais orei mon paradis,
De la liqueur d'vne bouteille.
  L'autel sur qui mes vœux ie fais
Ce sont deux treteaux & trois ais,
Et pour mes plus chers sacrifices,
Au lieu de larmes & de sanglots,
Ie prends les verres aussi les pots,
Les ceruelats & les saussices.

Lapins, perdrix, chappons, leurauts,
De Bacchus se sont les supposts
Sans oublier beccasses & griues,
Et aussi le bon vin muscat,
Pourueu qu'il soit de Frontignac,
Voila le moyen de bien viure.

Les femmes ne nous plaisent pas,
Si quelqu'vn en parle au repas
Ce n'est rien qu'en façon de gamme:
Car quand nous auons vn peu beu
Nous preferons vn chou cabu
Au plus beau visage de femme.

L'vn attaque son compagnon,
Luy met en teste vn bourguignon
Qui est subtil a la barriere,
Quoy qu'il se reserue au dedans
Fust-il armé iusques aux dents
Luy donne droict dans la visiere.

Chanson 22.

IE vous aymois belle bergere
Cognoissant vostre amour legere
I'ay changé de dessein,
Ie ne fais plus l'amour qu'à des brots de
vin.

La langue qui souuent se moüille
Ne selche pas comme l'andoüille
Qui courtise vn counain,
Ie ne fais, &c.

E ij

Ie quitte la Cour & le Louure,
Ie suis content que l'on me trouue
A la pomme de Pin,
 Ie ne fais, &c.
Adieu Medecins de la trouppe
Bacchus qui rit dans vne couppe
Nous sert de Medecin,
 Ie ne fais, &c.
Adieu casse & terebenthine,
Ie ne prends plus de medecine
Que du jus de raisin,
 Ie ne fais, &c.
Amour donne la couleur pasle
Le vin donne couleur de masle,
Plus beau qu'vn Cherubin,
Ie ne fais plus l'amour, &c.

   Chanson 23.

AV vent les estendars,
 Les drappeaux & enseignes,
Colonels & soldats,
Lieutenans, Capitaines,
Le verre en main,
Le pot debout,
Demy tour à droict,
Remettez-vous,
Tirez,
O voila comme on void

Un soldat bien adroit.

   Allons deuers Milan
Suiuons le Conneſtable,
L'Eſpagnol dans vn an
Nous doit ſeruir à table,
Le verre en main, &c.

   Aux armes compagnons
Il nous faut faire montre,
Formons nos bataillons,
Qu'vn chacun ſe rencontre
Le verre en main, &c.

   Caporal qui va là,
Parle à moy ſentinelle,
Vois-tu quelqu'vn par là
Tire vn coup & m'appelle,
Le verre en main, &c.

   Meſsieurs i'ay tant tiré
Que ie n'ay plus de poudre.
L'ennemy i'ay miré
Et percé d'outre en outre,
Le verre en main
Le pot debout,
Demy tour à droict,
Remettez-vous,
Tirez,
O voila comme on void
Vn ſoldat bien adroict.

Chanfon

LE matin quand ie m'esueille
Ie me jette d'vn plain saut
Au collet d'vne bouteille
Et luy mets le cul en haut.
N'auray-je iamais cent escus
A dépendre tous les iours,
    Vrayment noftre fœur Agate
    Fait bien de la délicatte,
    Venez luy frotter la ratte
    Trouffillon,
    S'il auoit autant de mippeli
    Comme il a d'étrippes
    Le party en feroit bon
    De Trouffillon.
L'on verroit la terre & l'onde
Se dépeupler à la fin,
Si nous n'auions en ce monde
La liqueur de ce bon vin.
    N'auray-je iamais cent escus, &c.
Ma maiftreffe eft la bouteille
Ma beauté font mes efcus,
Mon pauillon c'eft la treille,
Mon Dieu c'eft le Roy Bacchus.
    N'auray-je iamais cent efcus, &c.
Quand Philis auroit la grace
D'vn vifage tout diuin,
Mon cœur fera plain de glace

Tant qu'elle piſſe du vin.
N'auray-je iamais cent eſcus, &c.
I'ayme mieux eſtre à la Caue
Garrotté contre vn poinſon,
Que d'aller faire l'eſclaue
A l'ombrage d'vn buiſſon,
  N'auray-je iamais cent eſcus,&c.
Sus donc, vous Bachiques anges
Gauſſons-nous des amoureux,
Chantant les douces loüanges
De noſtre pot ſauoureux.
  N'auray-je iamais cent eſcus
  A dépendre tous les jours.
  Vrayment noſtre ſœur Agatte, &c.

Chanſon 25.

SIx femmes dequoy l'on ſe ſert,
Diſcouroient aſſiſes à table,
Quel entremets ſur le deſſert
Leur ſeroit le plus delectable.
  L'vne veut des pieds de pourceau,
Et la brunette dame Auoye,
Iure qu'il n'eſt ſi bon morceau
Que les pieds de la petite oye.
  Macette ſaffre en ſes yeux gris,
Fermement conteſte auec elle,
Et iuge les pieds de perdris
Meilleurs grillez à la chandelle:
Ceux de bœuf répond Ianeton

Ne sont mauuais à la moustarde,
Au vinaigre ceux de mouton
Sont aussi bons ce dit Bernarde.

Alors leur répondit Margot
C'est appetit de femme grosse,
Une andouille dedans le pot
Elle porte auec soy sa sauce.

Chanson 26.

Vine le nez de renommée
Qui ne se sont iamais lassez
A boire la bonne vinée
Tant que les pots furent vuidez.
Vine ces gros nez de pompettes
Qui rendent vn teint my-moisi,
Et qui iamais n'ont fait retraitte
A boire de ce cramoisi.

Ces nez camus d'estrange sorte
Qui ont les nazeaux si ouuerts,
Ne sont propre à faire la volte
La plus grand part ils sont punets.
Ces petits nez remplis d'audace
Qui s'en vont desia rougissant,
Pourroient bien vn iour auoir place
Pour auoir beu vn coup d'autant.
Et mon nez teint en escarlate
Sera-il point de vostre écot,
Qui n'a eu iamais l'ame ingratte
De boire du vin à plain pot.

Et mon nez plus gros que les autres
Sera-il au rang des oublis,
Cent fois plus riche que les voſtres
Pour eſtre chargé de rubis.

Chanſon 27.

LE pauure amour eſt détrouſſé,
Bacchus à coups de verre,
Vous l'a ſi rudement pouſſé
Qu'il a donné du nez en terre.
    Victoire, victoire, victoire,
    C'a qu'on me donne à boire,
    Voiſin ? mais l'as-tu veu ?
    Quand i'auray beu
    Je t'en compteray l'hiſtoire.
Il a changé ſon arc turquois
En vne lechefrite,
Au lieu de fléche et de carquois
Ne porte plus qu'vne marmitte,
    Victoire, victoire, victoire,
    C'a qu'on me donne à boire, &c.

Chanſon 28.

QVoy que le Roy s'en aille
Dés la pointe du iour,
A la Chaſſe à Verſaille
En bien petite Cour,
Il faut que ie deſcende
A la pomme de Pin,
Où touſiours ie demande

Du vin, du vin, du vin,
Où tousiours ie demande
Du vin soir & matin.
    Que le Roy d'Angleterre
S'accorde auec les lys,
Ou qu'il porte la guerre
Aux riues de Calis,
Pour que l'Espagnol rende
Le bien du Palatin,
Iamais ie ne demande
Sinon du vin, du vin,
Car tousiours ie demande
Du vin soir & matin.
    Qu'Espagne se contente
D'auoir prou de subiets
Ou qu'elle se tourmente
En ses nouueaux projets,
Et que son bien s'estende
Aux deux riues du Rhin,
    Iamais ie ne demande, &c.
Qu'aujourd'huy la Rochelle
Reçoiue son Prelat,
Que la trouppe infidelle
Rebroüille tout l'Estat,
Ou que le Fort commande
A ce peuple mutin,
    Iamais ie ne demande
    Sinon du vin, du vin, &c.

Que le grand Conneſtable
Eſtudie le Plan,
Tous les iours ſur ſa table
De Naples & de Milan,
Et que le Duc attende
Le Siege de Thurin,
   Iamais ie ne demande, &c.
que Malthe dans ſa perte
Nous ait mis en danger
qu'elle batte Biſerte,
Ou qu'elle attaque Alger,
Que le Pape remande
Son Legat Barbarin,
   Iamais ie ne demande, &c.
Qu'vne beauté nouuelle
Charme toute la Cour,
Ou qu'elle ſoit plus belle
Que la mere d'Amour,
Et encor qu'elle entende
Le tour de Laretin,
   Iamais ie ne demande, &c.
Que la Croix face coudre
Les filles du quartier,
que la Nepueu paſſe outre
Auec la du Viuier,
Quant à moy ie ne bande
Que pour vn bon feſtin,
   Iamais ie ne demande,
   Sinon du vin, du vin, &c.

Chanson 29.

Bacchus vn iour assistant.
En nostre celebre trouppe,
Prononça tout à l'instant
Que chacun vuide sa couppe,
  Nous luy répondismes tous
  Nostre bon pere apres vous.
Aussi-tost il commanda
Que nos tasses fussent pleines,
Et son traict il débanda
Qui fit entr'ouurir nos veines,
  En mesme temps sa liqueur
  Nous reconforta le cœur.
Laissons l'Amour compagnons
Ne soyons plus ses gens-d'armes,
Mais pour Bacchus nous mettons
Dans le milieu des alarmes,
  Et dessous son estendart
  Vaillamment cognons le lart.
Si nous mourons à ses pieds
Nous finirons à la table,
Non comme des frelampiez
Qui meurent dans vne estable,
  Combattons donc en mourant,
  Et mourons tous en beuuant.
Les Astres font aujourd'huy
Des plaintes à la memoire,

Contre ceux qui de l'ennuy
Sont surpris faute de boire,
  Chassons-le donc en beuuant,
  Et beuuons en le chassant.

Chanson 30.

OR sus mon camarade,
O Triste, sain ou malade,
Prends tousiours du bon vin,
C'est le meilleur remede,
Le Medecin s'en aide
Comme estant le plus fin.
  Dois-je pas donc te croire
Toy qui m'incite à boire
De ce vin delicat,
Il n'est point d'ambroisie
Pour la melancholie
Telle que le Muscat.
  Il faut tousiours estre yure,
C'est le moyen de viure,
Libre de tant d'ennuis:
Qu'vn Amãt pour sa Dame
Endure dedans l'ame,
Sans reposer les nuicts.
  Alexandre eut la gloire
De sçauoir l'art de boire
Mieux qu'on ne nous l'apprend,
Ce fut auec le verre,

qu'il acquit deſſus terre,
Le nom qu'il a de grand.

Chanson 31.

VErſe du vin à pleine taſſe mõ cher
 amy,
Il ne faut pour chaſſer la ſoif, boire à
 demy,
Je ne voy rien deſſous le Ciel qui ſoit
 plus doux,
Que de boire tout d'une haleine cinq ou
 ſix coups.
Que ſert d'être à la taverne ſi l'on n'a boit
C'eſt refuſer injuſtement ce que l'an doit
Tandis que nous ſommes icy beuuons ſãs
 fin,
Mr Ruſſignan prendra garde d'auoir
 du vin.
Mon Dieu que j'ayme la Muſique de
 ces doux lieux,
Que ces garçons de Cabaret plaiſcõt à
 mes yeux,
Bacchus plus gras que cét enfãt qui faic
 aymer,
Met des attraictz dãs la débauche pour
 me charmer,
Grand Dieu qui vois le ſacrifice que
 nous faiſons,

onduis nos pas de ce lieu cy dans nos
maisons,
Et nous dirons incessamment en nos
discours
Qu'vn bon beuueur seroit en peine sans
ton secours.

PREMIER BRANSLE
DE BOCAN.

Chanson 32.

Vand la fiévre te rend des trai-
ttemens indignes,
S'il faut-il rire vn peu,
Et si tu nous rechignes,
I'yray coupper tes vignes
Pour en faire du feu.
Penses-tu pour trembler, & pour estre
de glace
Quand tu és agité,
Que nostre soif se passe
Sans boire à pleine tasse
Du vin à ta santé.
Debout quitte ce lict, & te viens mettre
à table,
Gouste apres le repos
Du vin qui delectable,

Chaßera secourable
La fiévre de tes os.

Second Bransle.

Enfans ie vous conuie
De paßer cette vie,   bis.
Beuuant à qui mieux mieux,
Que les soings de la terre
Et le cul de ce verre,   bis.
Soient mis deuers les Cieux.

Troisiesme Bransle.

N'Ayant dedans l'esprit, ny soucy
ny rançonne,
I'estime plus à propos,
Au lieu de reuerer l'amour & la for-
tune
D'adorer tous ces pots,
Mes sens
Puißans
Trouuent que la bouteille est le dieu
du repos.
I'ayme le Cabaret, que ie suis idolatre
D'vn logis qui sent le vin,
On n'y rencontre point ces visages de
plastre
Qu'abuse vn Medecin:
Mes yeux

                              Ioyeux,

Joyeux
  N'y trouuêt qu'allegresse & que gens
  de festin.
Quand tu me vois armé d'une pippe &
  d'vn verre,
Garde bien de m'irriter,
Car ie porte en la main le feu, l'air &
  la terre
Ainsi que Iupiter :
Et faicts
En paix
Vieillir vn bon yurongne ardent à m'i-
  miter.

Bransle gay.

1.

CA joyeuse trouppe
De friands beuueurs,
Remplissez la couppe
Des douces faueurs,
Du vin qui fleurette
L'escume au milieu,
Fait maintes clochettes
Pour ce petit Dieu.

2.

Que de belles choses
Ie voy dans ce vin,
La couleur des roses

E

Du tein de Catin,
Sa bouche vermeille
Ne me laiſſe pas
Vne odeur pareille
A ces doux muſcats.

3.

  Friſez voſtre treſſe
Poudrez vos cheueux,
Point d'autre maiſtreſſe
Qu'elle ie ne veux,
Deuienne eternelle
Sa ſaincte liqueur,
  Et l'ardeur ſoit telle
  Qui bruſle mon cœur.

Partheniſſe.

HEureux qui le champ de ſon pere
Veut labourer,
A qui la vigne bonne mere
Fait eſperer,
Que le ſang qu'elle a dans les peines
Se changera
En laict, que pour charmer ſes peines
Il ſuccera.
  Iour & nuict ſes plaiſantes veilles
Sont échallats,
Son œil de ne voir que des treilles
N'eſt iamais las.

Il enferme, ayde de l'Automne
Dedans ses muids,
Auec le vin qu'il emprisonne
Tous ses ennuis.
    Doncques puis que rien n'est si digne
Que le serment,
Ie veux en faueur de la vigne
Faire vn serment,
De ne cultiuer autre plante
Dans mon jardin,
Et ne mettre ailleurs mon attente
Qu'à de bon vin.

Gauotte.

SI la mort, les soucis ou la guerre
  Troublent vostre cerueau,
Remplissez comme moy ce grand verre
D'excellent vin nouueau,
    Tous ces demons vaincus
    Fuiront deuant Bacchus.
Tout remply de ce Dieu des vendanges
Dont nous sommes épris:
I'apperçois S. Amant boire aux Anges,
Et ces diuins esprits,
    S'ils vsoient de jambons
    Les vins leur seroient bons.

Chanson 33.

IE n'ay point cét ambition
De vouloir gouuerner mon Prince,
La vigne c'eſt ma nation,
Et la tauerne ma prouince,
　Que Schomber gouuerne l'eſtat
　Pour moy ie gouuerne le plat.
Mon eſprit ne s'arreſte pas
A prendre vn Renard à la Chaſſe,
Ny ſi Bautru ny ſi Foras
Sont en faueur ou en diſgrace,
　J'ayme bien mieux vn bon repas
　Que la faueur de Baradas.
Que ie hay ces mauuais garçons
Qui portent l'eſpée à coquille,
Et vont recorder leurs leçons
Chez la Frette, ou chez Bouteuille,
　Pour moy le guiblet à la main
　Ie combat contre vn muid de vin.
Que ie hay ces ſueurs infects
Que Lanay & Champagneux traitte,
Non pas pour le mal qu'ils ont fait,
Mais à cauſe qu'ils font diette,
　Quand eſt de moy ie ne puis pas
　Me paſſer de quatre repas.
Je n'iray iamais au ſecours
Du vieil Monſieur le Conneſtable,

Car si i'ay à finir mes iours
Sera au Siege d'vne table,
   Cormier plus que les Hollandois
   Sera tesmoing de mes exploits.

Chanson 34.

EN parle qui voudra, ie tiens pour
      veritable
Que les plus doux plaisirs se trouuent à
      la table,
L'Amour n'a point d'appas
Qui me charme tãt que fait vn bõ repas.
   Quand i'ay beu hardiment tousiours
      ma tasse pleine,
Ie dors sans m'éueiller dix heures d'vne
      haleine,
Et durant mon repos
Si mon esprit veille, il est parmy les pots.
   Vn amant seruira dix ans vne mai-
      stresse
Sans auoir seulement vn cheueu de sa
      tresse,
Mais du Dieu des beuueurs
Les plus gros rubis sont les moindres fa-
      ueurs:
   Combien sans estre armè que du broc
& du verre
Ay je mis à mes pieds de braues gens de
      guerre,

Que les coups de ma main
Rendoient assoupis iusques au lende-
    main,
    Ainsi passant montemps nul soin ne
    me trauaille,
Ie ne vais escheller ny rempart ny mu-
    raille,
Ma generosité
Se fait assez voir en ouurant un passé

Chanson 35.

QVe i'ayme en tout temps la tauer-
    ne,
Que librement ie m'y gouuerne,
Elle n'a rien d'egal à soy,
I'y voy tout ce que i'y demande,
Et les torchons y sont pour moy,
Tous faits de thoile de Hollande.
    Durant que le chaud nous outrage
On n'y trouue point de boccage,
Agreable & frais comme elle est,
Et si la froidure m'y meine
Vn malheureux fagot m'y plaist
Plus que tout le bois de Vincennes.
    I'y trouue à souhait toutes choses
Des chardons m'y semblent des roses,
Et les trippes des ortolans,

L'on y combat iamais qu'au verre,
Les Cabarets & les brelans
Sont les Paradis de la terre.
  C'est Bacchus que nous deuons suiure,
Le nectar dont il nous enyure
A ie ne sçay quoy de diuin,
Et quiconque a cette loüange
D'estre homme sans boire du vin
S'il en beuüoit il seroit Ange.
    Le vin me rit ie le caresse,
C'est luy qui bannit ma tristesse,
Et réueille tous mes esprits,
Nous nous aymons de mesme sorte,
Ie le prends aprés, i'en suis pris,
Ie le porte, & puis il m'emporte.
    Quant i'ay mis quarte dessus pinte
Ie suis gay l'oreille me tinte,
Ie reculle au lieu d'auancer,
Auec le premier ie me frotte,
Et ie fais sans sçauoir dancer
Des beaux entrechats dans la crotte.
    Pour moy iusqu'à tant que ie meure,
Ie veux que le vin blanc demeure
Auec le clairet dans mon corps,
Pourueu que la paix les assemble
Car ie les ietterois dehors,
S'ils ne s'accordoient bien ensemble.

Chanson 36.

LE bon vin se doit cherir
Que i'en benis l'usage,
Rien ne m'empesche de vieillir
Que ce divin breuuage.

   Car quand i'en boy ie ressens
   Vn bien qui rauit tous mes sens.
Que l'ennemy de nostre foy
Fut vn tyran insigne,
D'interdir au Turc par sa loy
La liqueur de la vigne.

   Mais quand i'en boy, &c.
Ce peuple fut ensorcelé
Et bien fol de le croire,
I'aymerois mieux estre empalé
Que viure sans en boire.

   Car quand i'en boy ie ressens
   Vn bien qui rauit tous mes sens.
Puis que Dieu nous a permis
Ce jus si delectable,
Beuuons en donc mes chers amis
Soyons tousiours à table.

   Car quand i'en boy ie ressens
   Vn bien qui rauit tous mes sens.

Chanson 37.

BAnnissons la bigearre humeur
Et le soing de nostre cœur.

              Et qu'vn

Et qu'vn bon vin vermeil
Soit nostre Solœil,
Beuuons compagnons toute la nuiĉt,
Au bruiĉt
Des pots & des plats
Sans estre las
De boire,
Du bon vin & de l'hypocras.
   Alexandre aymoit tant le vin
Qu'il beuuoit soir & matin,
Qui l'eust pris sans piot
Eut esté bien fin.
Mettant bouteilles & verres sur cul,
Esmeu,
Il ne parloit
Et ne chantoit
Que boire,
Car toustours Bacchus le suiuoit.
   Que ie suis content quand ie boy
Compagnon ce coup à toy,
Ie te conjure de faire comme moy
C'est à dire le verre à la main
Tout plein,
De vin nouueau
Qui soit si beau pour boire,
Assis sur le cul d'vn tonneau.

Chanson 38.

CLoris ie quitte ton seruice
Bacchus me plaist plus que l'amour,
Que c'est vn plaisant exercice
Que de boire le long du iour.
   Mon ame n'est rauie
   Que de ce ieu diuin,
   Et ie perdray la vie
   Si l'on m'oste le vin.
Amis décoiffons la bouteille,
Ouurons la source du plaisir,
De qui la douceur nompareille
Doit contenter nostre desir,
   Mon ame, &c.
O Dieux que Bacchus est aymable,
Et que c'est vn doux entretien,
Quand on se trouue en vne table
Où l'on ne peut manquer de rien.
   Mon ame n'est rauie
   Que de ce ieu diuin,
   Et ie perdray la vie
   Si l'on m'oste le vin,
Si la famine ou le Caresme,
Par leur incroyable rigueur,
Me jette en quelque mal extrème
Et priue mon corps de vigueur,
   Je ne veux pas qu'on suiue

L'aduis du Medecin,
Si ce n'est qu'il arriue
Qu'il m'ordonne le vin.

Chanson 39.

BEaux nez à peindre des rubis
Prenons icy nos beaux habits,
Par la soif chacun se consomme,
    Chacun face ce qu'il doit,
    Car pour nommer vn galand höme,
    On dit ce drolle . . . . & boit.
Voyons qui entonne le mieux
Ce doux breuuage que les Dieux
Ont fait pour le plaisir de l'homme.
    Chacun face, &c.
L'Inde se vante de son or,
Mais non pas d'vn pareil tresor
Que cette souueraine gomme,
    Change face, &c.
Celuy qui la planta jadis
Est bien sans doute en Paradis,
Car il estoit tres-habile homme.
Chacun face, &c.

Chanson 40.

IE ne suy plus la Cour,   bis.
Le Cabaret est mon sejour.
O diuin breuuage qu'on te doit cherir,

Qu'on te doit cherir,
Sans ton secours les ennuis
M'euſſent fait mourir.
A la ſuitte des Rois,   bis.
Où i'ay ſouſpiré maintesfois
    O diuin breuuage, &c.
L'on y perd trop de temps,   bis.
Et peu de gens y ſont contens
    O diuin breuuage, &c.
Ie vais dés le matin   bis.
Viſiter la pomme de Pin.
    O diuin breuuage, &c.

Chanſon 41.

EN fin Cupidon rend les armes,
Bacchus a bien de plus doux char-
    mes.
Pour attirer à ſoy mes eſprits,
Ses attraicts ſont ſi puiſſans,
Que pour n'en eſtre épris,
Il faut eſtre du tout perclus de ſes ſens,
    Depuis que ie tiens vne taſſe,
Phœbus & Pegaze & Parnaſſe,
Et les neuf ſœurs me ſont à mépris,
Les verres deſſus les vers
Gaignent touſiours le pris,
Et ſur les lauriers les beaux pampres
    verts.

Il faut que la crouppe jumelle
Adore le fils de Semelle,
Aussi bien comme l'aueugle enfant,
Et Cypris en son sejour
Le voye triomphant
Malgré son pouuoir & d'elle & d'a-
mour.

Chanson 42.

IE me meurs si ie ne boy du vin nou-
　　　　ueau
Sans eau,
Du plus frais percé du tonneau,
Sa douce liqueur
Rend vn certain plaisir au cœur
Qui chasse bien loing d'icy
La tristesse & le soucy.
　Sus esgayons nous & nous réjouyssons,
Beuuons
Mangeons tout ce que nous auons :
Offrons nos escus
En sacrifice au dieu Bacchus,
Les auares sont des sots
Ils ont soif auprés des pots.
　Que i'auois desir de boire à vostre
　　　　ècot
Gillot,
Auant que de vuider ce pot

Faites promptement
Aduertir le gros S. Amant
De la part du vieux Faret
Qu'on l'attend au cabaret.

Chanson 43.

PVis qu'il faut prendre les armes
Prenons celle de Bacchus,
Et que les verres ont des charmes
Dont les Cesars sont vaincus.
  Par ces brindes inoüis,
  Mourons aux pieds de Louys,
  Mourons, mouros aux pieds de Louys.
Que ce nectar est aymable,
Que son fard nous embellit,
Beuuons tant que sous la table
Nous trouuions chacun vn lict.
  Par ces brindes, &c.
Suiuons l'astre qui nous guide
Et beuuons sans craindre rien,
Plus la bouteille se vuide
Plus l'estat se porte bien.
  Par ces brindes &c.
Menons tous joyeuse vie,
Et laissons là ces jaloux,
Il leur faut laisser la lie
Et prendre le vin pour nous.
  Par ces brindes, &c.

Chanson 44.

BAcchus droict icy m'ameine
Boire dans la fontaine,
Qui me rend sçauant,
De luy i'apprends la mesure certaine
De ces vers en beuuant.
  Il a reduit son estude
Dedans la solitude,
De ces grands deserts,
Des chevrepieds ie voy l'oreille rude
s'adresser à mes vers.

Chanson 45.

QVoy tu ne dis mot,
  N'ayons point de crainte,
Et beuuons sans feinte
Au braue Gilot,
  Haie meurs si la pinte
  Ne tient plus d'vn pot.
Suiuons le destin
De nostre bouteille,
Et disons merueille
Dessus le bon vin,
  Haie meurs si la treille
  Gelle ce matin.
Chassons loing de nous
Toutes fascheries,

Fy des resveries
De ces vieux jaloux.
   Nos yurongneries
   Sont plaisantes à tous.
Puis qu'il faut mourir
Mourons ie vous prie
Dans la maluoisie
Et dans le plaisir,
   C'est sans raillerie
   Mon plus grand desir.

Chanson 46.

AM is ne parlons que de boire,
Laissons la tristesse & le soing,
Et qu'icy toute nostre gloire
Soit de mourir le verre au poing.
   C'est Bacchus seulement
   qui nous donne l'effect
   D'vn vray contentement.
Pour moy l'amour n'a plus de charmes
Fust-ce pour vn object diuin,
Je ne répands plus d'autres larmes
Que celles qui naissent du vin.
   C'est Bacchus, &c.
Tout lieu de moy se rend indigne,
Si l'on n'y boit blanc & clairet,
Aux chãps mõ cœur n'est qu'à la vigne,
Et dans la ville au cabaret.

C'eſt Bachus, &c.
L'Eſté dans ſa cheleur extrème
Me ſemble frais par ſa liqueur,
L'hyuer quand le froid eſt de meſme
C'eſt luy qui m'échauffe le cœur.
  C'eſt Bacchus, &c.
C'eſt le ſouſtien de la nature,
C'eſt l'entretien de nos amis,
N'en boire point c'eſt faire injure
A celuy qui nous l'a permis.
  C'eſt Bacchus, &c.
Le Turc a bien le diable en teſte
Chez qui le vin n'a point d'aloy,
Son Prophete n'eſt qu'vne beſte,
Beuuons en dépit de ſa loy.
  C'eſt Bacchus ſeulement
  Qui nous donne l'effect
  D'vn vray contentement.

Chanſon 47.

IE dis adieu à l'Amour,
Je ne luy fais plus la cour
Vne bouteille de vin
Eſt ores ma maiſtreſſe,
  Je luy fais ſoir & matin
  Inceſſamment careſſe,
Ce ſot enfant Cupidon,
Qui ne produit rien de bon,

Doit ceder au Roy Bacchus
L'absoluë puiſſance,
　Qui range tout par ſon jus
　Sous ſon obeïſſance.
Si ie boy cinq ou ſix coups
Ce ne ſont point traicts de fous,
Si ie le ſuis c'eſt pour peu,
Vne nuict me faict ſage,
　Où ie iette tout mon feu
　Ronflant de bon courage.
Les amans ne dorment point
Et vont ſans chauſſes & pourpoint,
Quand ils ont ie ne ſçay quoy
La nuict courir la ville,
　Mais pour moy lors que ie boy
　Je dis que ie fretille.
Chers amis & compagnons,
Qui cheriſſez les flaccons,
Beuuons, rions de ces ſots
De leurs tours & folies,
　Vuidons bouteilles & brots
　Qui nous ſeront remplies.

Chanſon 48.

Soldats au lieu de tant d'armures
Que nous portions ces iours paſſez,
Voyons vn peu dans nos ſaumures
Auſſi bien les pots ſont caſſez,

S'il n'y a point quelque jambon
Pour faire trouuer le vin bon.
Ha i'ay desconuert vne méche
Compagnon qu'on ne sonne mots,
Il faut remparer cette bréche
Et mettre au deuant quelque pot,
Si l'ennemy uous vient forcer
Il nous le faudra renuerser.
Courage en voila vn par terre,
Il a la mort entre les dents,
Et est aussi sot comme vn verre
Quand il n'y a plus rien dedans,
Si quelqu'autre nous vient forcer,
Il nous le faudra renuerser.
Ie découure vn gros qui s'aduance,
Et qui nous vient donner l'assaut,
Que chacun se mette en defense,
Et leur fasse prendre le saut,
Plutost qu'il nous puisse forcer,
Il nous le faudra renuerser.
Victoire sus, crions victoire,
Voila nos ennemis vaincus,
Chacun se couronne de gloire
En l'honneur de ce bon Bacchus,
Il nous a mis les armes au poing
Pour nous secourir au besoin.

Chanson 49.

Comme l'Abeille ayme le teint,
Et l'odeur de la marjolaine
I'ayme à boire dès le matin,
Beuuons donc à perte d'haleine,
  C'est dommage que le destin
  Ne face reuenir Silene
  Pour faire l'honneur du festin.
Comme le loup court au butin
Par la montagne & par la plaine,
I'ayme à boire dès le matin
Beuuons donc à perte d'haleine
  C'est dommage, &c.
Ce qui me fait parler Latin,
Et qui m'enfle si bien la veine
C'est que ie boy dès le matin
Beuuons donc à perte d'haleine.
  C'est dommage, &c.
Laissons battre le Palatin,
Qu'il perde Prague ou le repreigne,
Il n'est que boire du matin
Beuuons donc à perte d'haleine.
  C'est dommage, &c.
Ie mets en gage mon satin
Et mes habillemens de laine
Afin de boire du matin
Beuuons donc à perte d'haleine.

   C'eſt dommage, &c.
Ie ſuis plus hardy qu'vn lutin
Alors que i'ay la panſe pleine,
Il n'eſt que boire du matin
Beuuons donc à perte d'haleine.
   C'eſt dommage, &c.
Bacchus eſt vn peu libertin,
Mais il n'engendre point de haine,
Beuuons donc du ſoir au matin,
Beuuons donc à perte d'haleine.
   C'eſt dommage, &c.

Chanson 50.

Tout le monde court aux armes,
   Moy ie cours au vin,
Ie ne crains point les alarmes
De ce Roy voiſin,
Car ce vin a tant de charmes
Que les plus braues gens-d'armes
Y trouuent leur fin.
   Si ie vais à l'eſcalade
Que ie ſois vn ſot,
Ou dans vne barricade
Pour prendre le mot:
I'ayme mieux dans la cuiſine
Où perſonne ne rechigne
Eſcumer le pot,
   Ie ne veux point qu'on me bleſſe

Dans vn bataillon,
Ny dans vne forteresse
D'vn gros bastion,
J'ayme mieux prés ma maistresse
Luy faisant mille caresse
Baiser son teton.

Chanson.

*C*Ompagnon trefue de la guerre,
Il faut vuider ce gobelet,
Nous tenons Bacchus au collet,
Vine la bouteille & le verre,
Il ne faut espargner le bien,
Pour boire bien.
Mars ce puissant Dieu des alarmes
Qui fait trembler tout l'vniuers,
Dessous ses estendarts diuers
Ne possede point tant de charmes,
Que Bacchus a d'appas diuin
Dans ce bon vin.
Pose qui voudra son echelle,
Ou la saucisse en toutes parts,
Ie ne force point les remparts
Des Rebelles de la Rochelle,
Je soustiens mieux vn gobelet
Qu'vn Corselet.
Noel par vne grace insigne
Qu'il fit à tous hommes mortels,

Merite d'auoir des Autels,
Ayant premier planté la vigne,
Enyurons nous donc ce iourd huy
Ainſi que luy.
Aille qui voudra ſur les ondes
Contre Soubiſe & ſes vaiſſeaux,
Les vagues ſont trop vagabondes
Pour moy ie n'ayme point les eaux,
Un vin plus agreable & doux,
Nous réjouit tous.
Alexandre fit des merueilles,
On le vid touſiours triomphant,
Mais iamais il ne fut content
Qu'il ne fut mort dans les bouteilles,
Mourons mourons en quelque coing
Le verre au poing.
Les Cabarets ſont mes delices,
Les grands meſures mon plaiſir,
Le bon vin mon plus grand deſir,
Ie ſuis ſujet à mes caprices,
Beuuons, beuuons ſoldats beuuons
Quand nous pouuons.
Ie feray mon champ de bataille
Entre les verres & les pots.
Le Cabaret eſt mon repos,
Sus ſus, beuuons trétous en garde,
Il faut boire tous réjouis
Au Roy Loüys.

CHANSON A BOIRE.

52.

IE boy à ta santé
De ce jus charmant si remply de
bonté
Que Noël a planté,
Et pour noyer tous nos ennuis
Beuuons-en les iours & les nuicts.

Afin d'auoir l'esprit diuin,
Soyons cher amy le soir & le matin
Enflamés de ce vin;
Et pour dissiper nos ennuicts
Beuuons-en les iours & les nuicts.

Le Nectar tant aymé des Dieux
Au prix de ce vin bien plus delicieux
Me seroit ennuyeux,
Car ie guaris tous mes ennuis,
En beuuant les iours & les nuicts.

Vsons icy de ces appas,
Croy moy cher amy que nous ne pouuons
pas
Boire apres le trespas,
Pour faire mourir nos ennuys
Beuuons en les iours & les nuicts.

Mais

Mais que ſeruent tant de Chanſons
La ſoif ne ſe repaiſt pas de ces ſons,
Sus amy commençons,
Charmons la ſoif & nos ennuicts
En beuuant les iours & les nuicts.

Chanſon 53.

ALexandre dont le nom
A remply la terre,
N'aymoit pas tant le canon
Qu'il faiſoit le verre,
Si le grand Mars des guerriers
S'eſt acquis tant de lauriers
Que deuons nous faire
Sinon de bien boire.

La mer rouge en ſa couleur
En bailloit à croire,
Pharaon mauuais beuueur
Euſt enuie d'en boire :
Moyſe fut bien plus fin,
Il vid que ce n'eſtoit vin,
Il la paſſa toute
Sans en boire goutte.

Le bon homme Gedeon
Faiſoit des merueilles,
Et s'y n'vſoit ſedition
Rien que de bouteilles,
Seruons-nous donc aujourd'huy

H

De bouteilles comme luy,
Et faiſoit la guerre
A grands coups de verre.
　　Samſon au vieil Teſtament
Acquiſt de la gloire,
Ne ſe ſeruant ſeulemẽt
que de la machoire :
Mangeons en donc hardiment,
Car au nouueau Teſtament
Ce ſeroit opprobre
D'eſtre touſiours ſobre.
　　Loth qui fut homme de bien
Se plaiſoit à boire,
Dieu ne luy en diſoit rien
Il le laiſſoit faire,
Et puis quand il eſtoit ſaoul
Il s'endormoit comme nous,
Dedans vne cauerne
Prés de la tauerne.
　　Noé pendant qu'il viuoit
Patriarche digne,
Sçauoit bien comme on beuuoit
Du fruict de la vigne,
Depeur qu'il ne beuſt de l'eau
Dieu luy fit faire vn batteau
Pour trouuer refuge
Au temps du Deluge.

Chanson 54.

PAr tout sont si gros les raisins
Qu'ils en rompent les treilles,
Que ferons nous de tant de vins
Sus vuidons les bouteilles,
Par la morbleu ie le veux,
Soit du nouueau soit du vieux,
Et ne veux plus viure
Si ie ne m'enyure.
  Voyons donc qui boira le mieux,
Faisons iuge la trouppe,
Ie te boiray, toy tes ayeuls
S'ils estoient dans ma couppe:
Ie iure le dieu Bacchus
De ne iamais boire plus,
Si à ce coup de verre
Tu ne vas par terre.
  Masse trois verres bien complets
Pour commencer l'ouurage,
Taupe & tingue, & de dix apres
En veux-tu d'auantage,
Digoli sept & lehart
Ha que tu fais du bragart,
Mais hola canaille
Que le vin ne faille.
  Boiras tu bien ce coup sans eau,

Pour vn, deux ie redouble,
Je boy le vieil & le nouueau
Pourueu qu'il ne ſoit trouble,
Ie boy le diable d'enfer,
Et ſon amy Lucifer,
Et ſi l'on me preſſe
Toutes les diableſſes.

    Tout d'vn coup ie boy vn flacon
Pour deux doigts de ſauciſſe,
Pourueu qu'il ſoit remply du bon,
Et qu'en beuuant ie piſſe,
Qu'on m'apporte deux iambons
Suiuis de douze flacons.
Vous verrez merueille
Pourueu qu'on m'eueille.

Chanſon 55.

BAcchus dedans ma memoire
  Pouſſe de penſers ſi doux,
C'eſt de boire, & de reboire,
Amy que ne beuuons-nous,
Allons les brods nettoyer,
N'eſt-ce point vn maiſtre ſot
Celuy qui ne peut noyer
Ses ſourcils dedans vn pot.

    Si ie ne ſuis touſiours yure
Ie n'ay point l'eſprit content,

C'eſt vn déplaiſir de viure
De ne point boire d'autant,
Deuſſe-je mourir demain
Je veux tomber tout à plat
Le verre dans vne main
Et l'autre dedans le plat.

    Que ſi quelque iour ie tombe
Sous le couteau d'Atropos,
Ie veux qu'on couure ma tombe
De bouteilles & de pots,
Que l'on y diſe touſiours
Mille gaillardes chanſons,
Que l'on l'arrouſe touſiours
Du ius qui ſort des poinçons.

    Et puis ie veux que l'on graue
Ce memorable dicton,
Que du centre d'vne caue
Ie ſuis tombé chez Pluton,
Jcy giſt vn bon garçon
Qui tout ſon bien auala,
Et plus plain que ſon poinſon
Au monument deuala.

    Que ſi quelqu'vn par enuie
Conduit par icy ſes pas,
Pour ſe rire de ma vie
Et gauſſer de mon trépas,
Qu'il ſonge auparauant
Qu'il y faut tretous venir.

Que l'on ne peut seulement.
Plus heureusement finir.

Chanson 56.

VOus que le dieu Bacchus amis
Au rang, au rang de ses plus chers
   amis,
Chassez, chassez vos soings auec ses
   charmes,
C'est trop demeurer en repos, aux armes,
Compagnons aux armes,
Il faut mourir parmy les pots.
   Ie me ry de ses amoureux,
Au lieu, au lieu d'vn bon vin sauou-
   reux,
Ces foux, ces foux, ne boiuent que des
   larmes,
C'est trop demeurer en repos, aux armes,
Compagnons aux armes,
Il faut mourir parmy les pots.
   La guerre n'est pas mon deduit,
Les pots, les pots, m'éueillēt de leur bruit,
Ce sont, ce sont de plaisantes alarmes,
C'est trop demeurer en repos, aux armes,
Compagnons aux armes,
Il faut mourir parmy les pots.

Chanson 57.

Que vous auez peu de raiſon,
Pendant cette aymable ſaiſon,
De me vouloir picquer de gloire,
Tous vos appas ſont ſuperflus,
Du vin à boire à boire,
Ie meurs, ie meurs de ſoif, ie n'en puis
        plus.

    Compagnons ie ne pretends pas
Que quelqu'vn apres mon trépas
M'immortaliſe dans l'hiſtoire,
Tous vos diſcours ſont ſuperflus,
Du vin à boire à boire,
Ie meurs, &c.

    Tant de diſcours parmy les pots
Ne font que troubler mon repos
Et ramener mon humeur noire,
Tous vos diſcours ſont ſuperflus,
Du vin à boire à boire,
Ie meurs, &c.

FIN.

TABLE DES CHAN-
sons à boire du premier volume
du Concert des enfans de,
Bacchus.

www.ingramcontent.com/pod-product-compliance
Ingram Content Group UK Ltd.
Pitfield, Milton Keynes, MK11 3LW, UK
UKHW022044170726
13837UKWH00002B/773